ABELHA ▶ Bastão ABELHA

Abelha ▶ Fôrma Abelha

Abelha ▶ Cursiva Abelha

B

BICICLETA ▶ Bastão — BICICLETA

Bicicleta ▶ Fôrma — Bicicleta

𝐵𝑖𝑐𝑖𝑐𝑙𝑒𝑡𝑎 ▶ Cursiva — 𝐵𝑖𝑐𝑖𝑐𝑙𝑒𝑡𝑎

E

ESTANTE ▸ Bastão

Estante ▸ Fôrma

Estante ▸ Cursiva

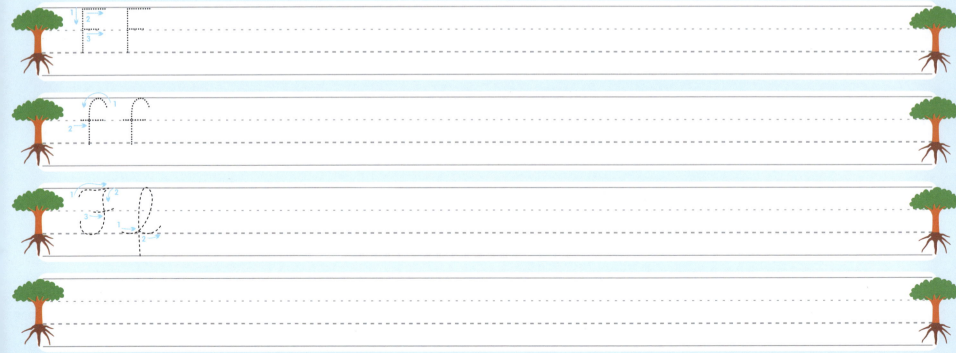

H

HIPISMO ▶ Bastão

Hipismo ▶ Fôrma

Hipismo ▶ Cursiva

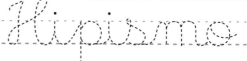

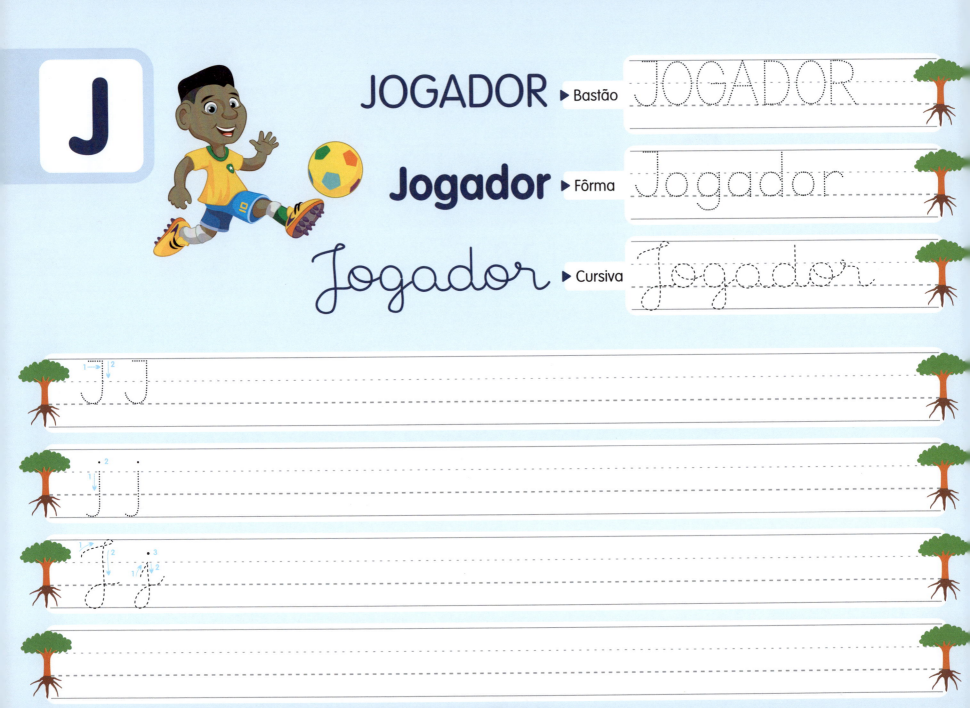

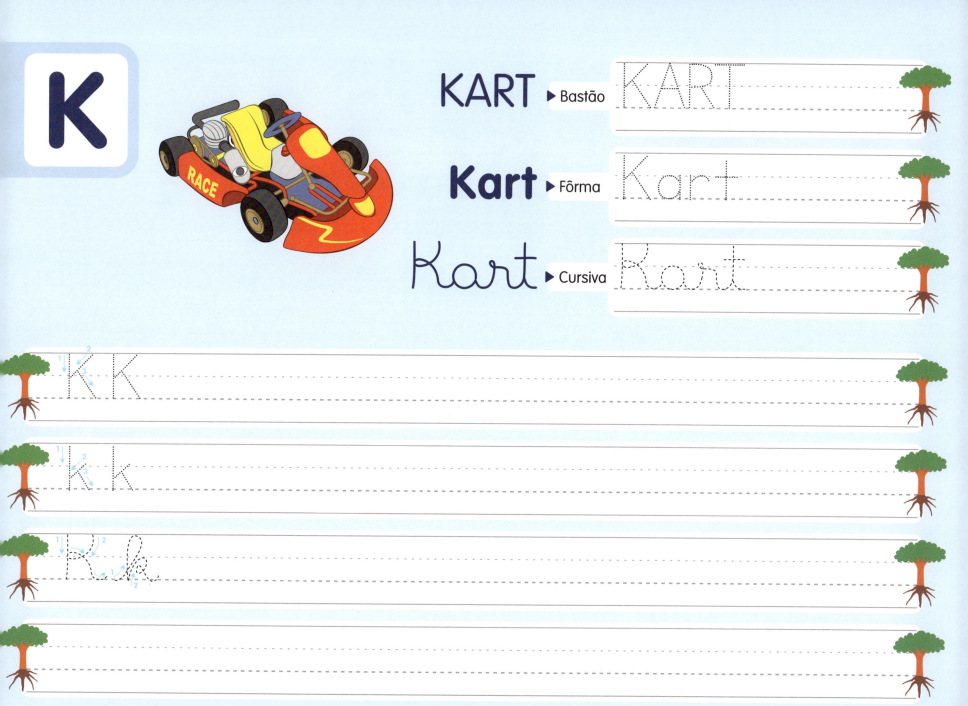

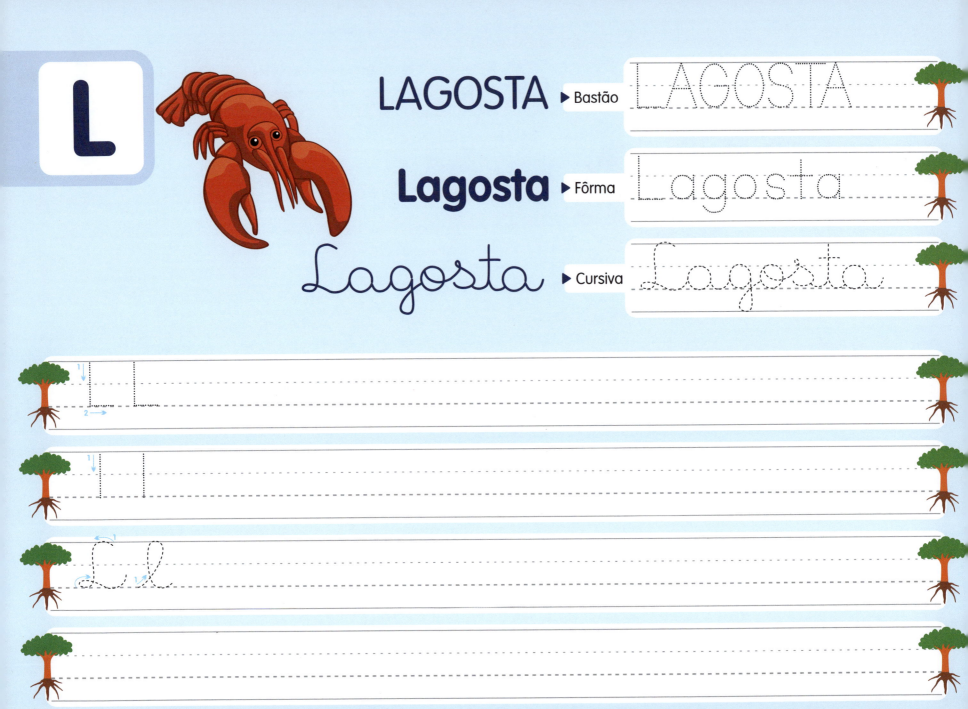

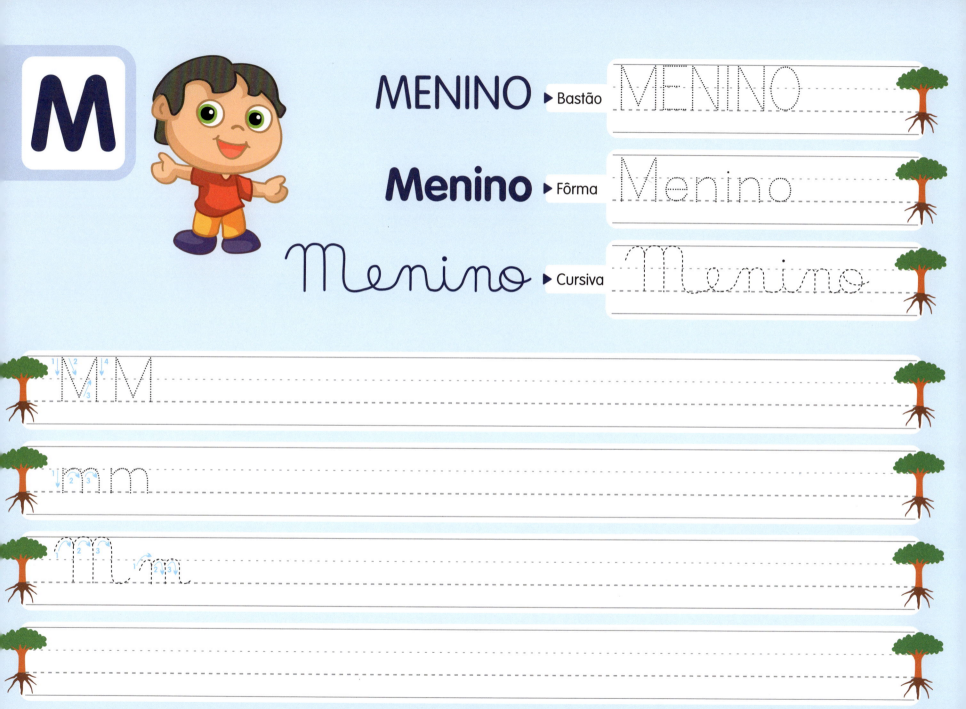

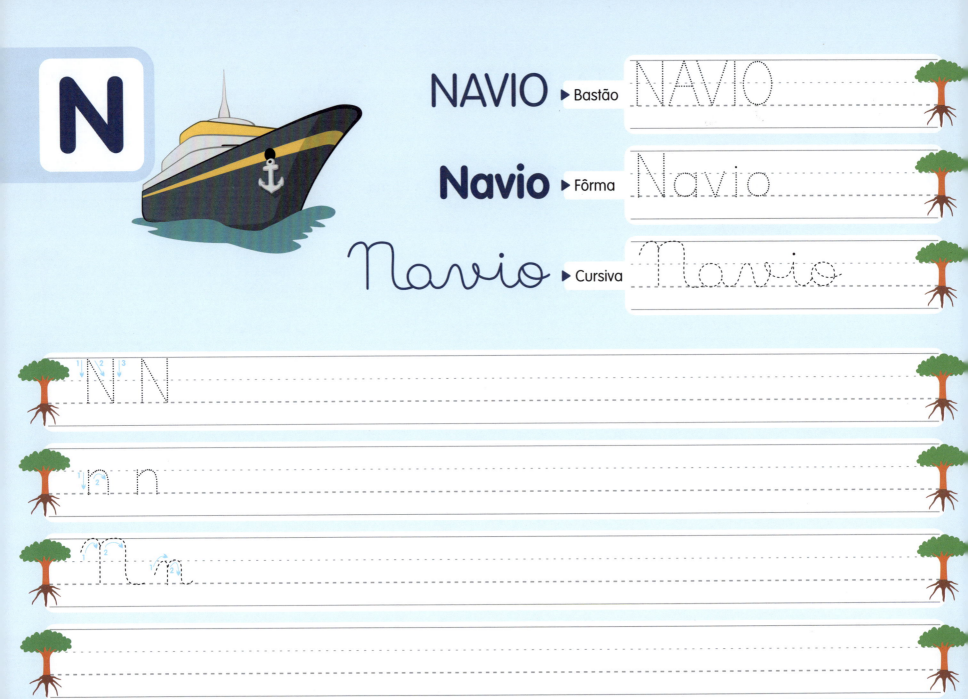

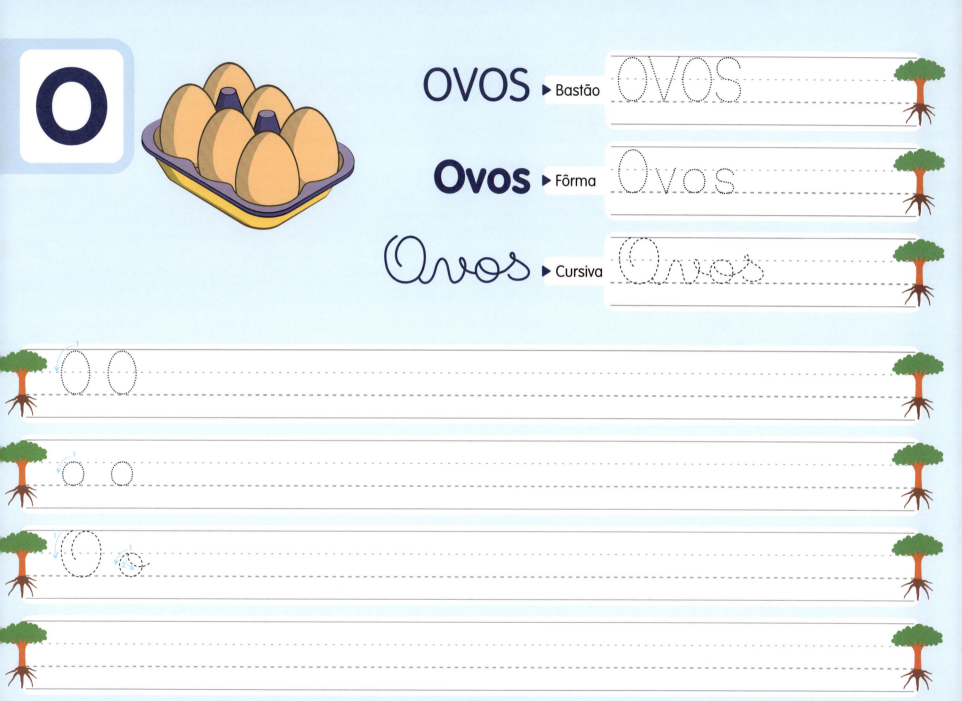

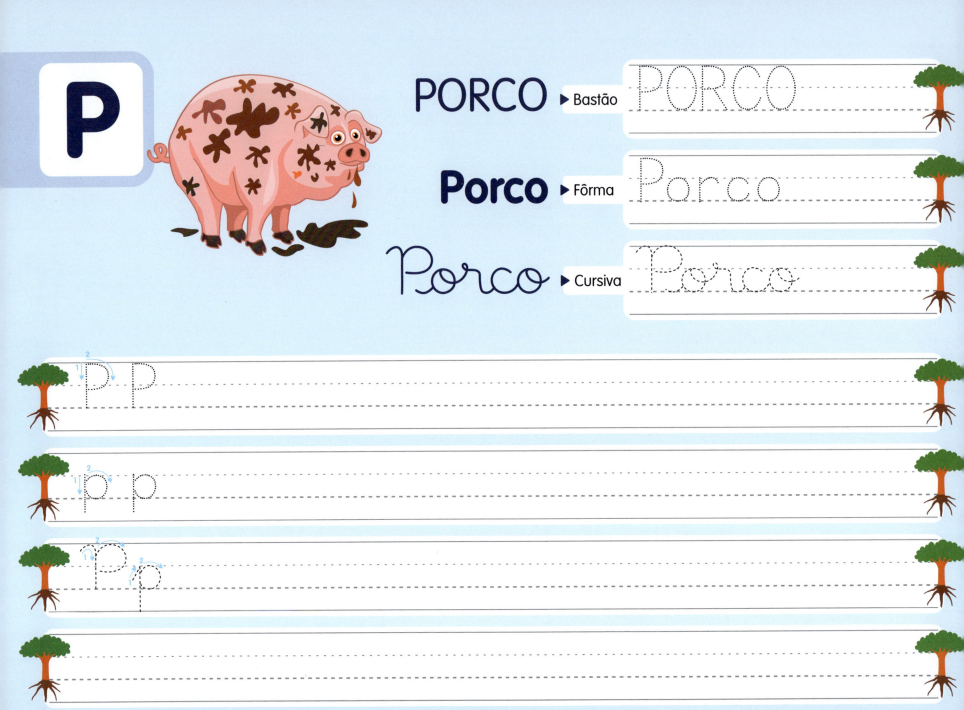

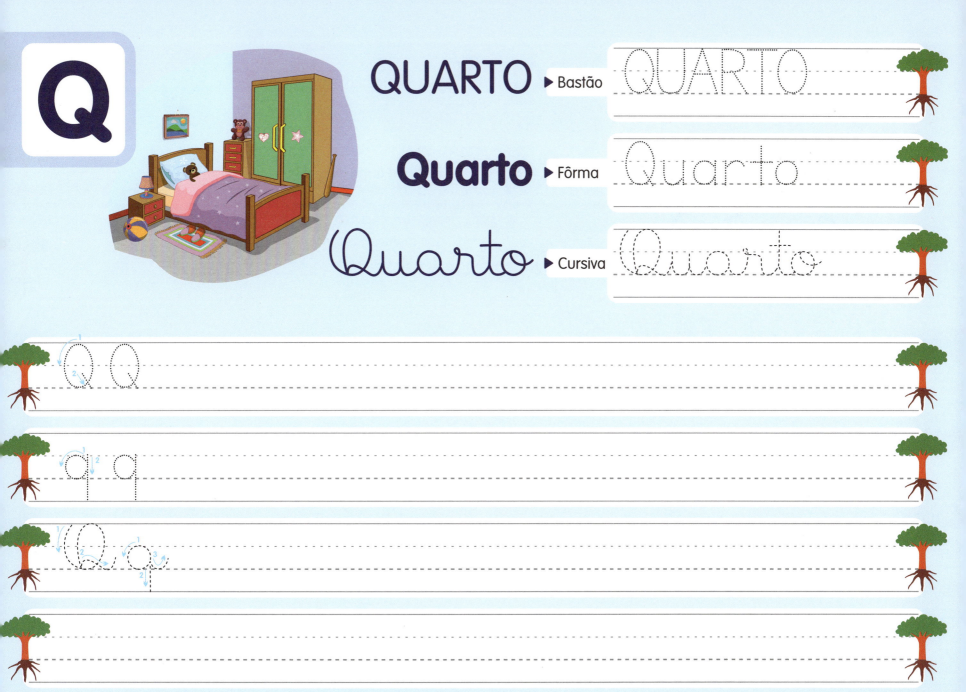

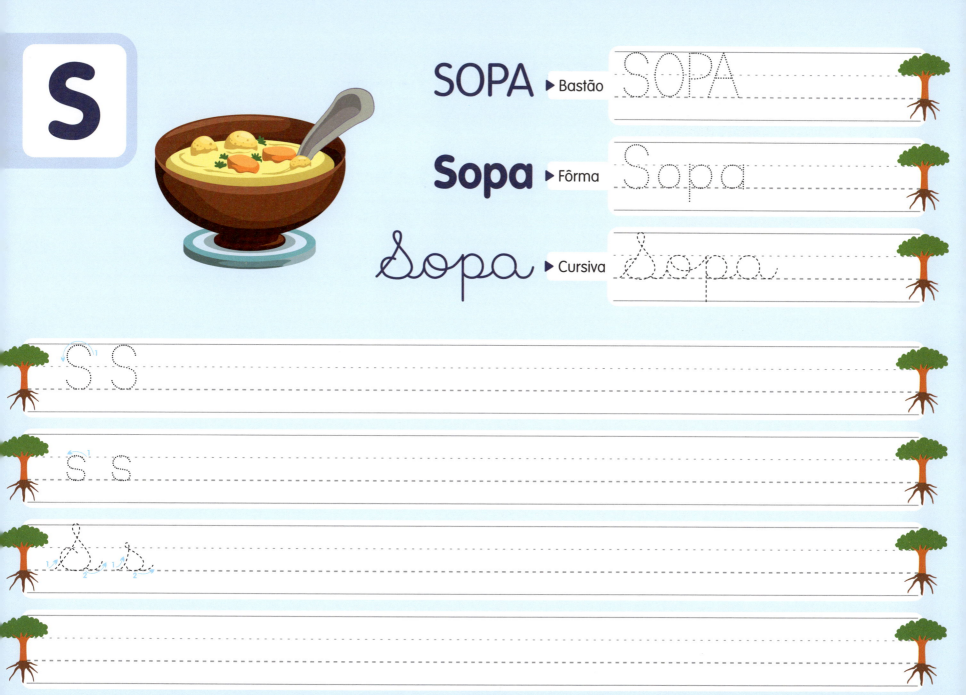

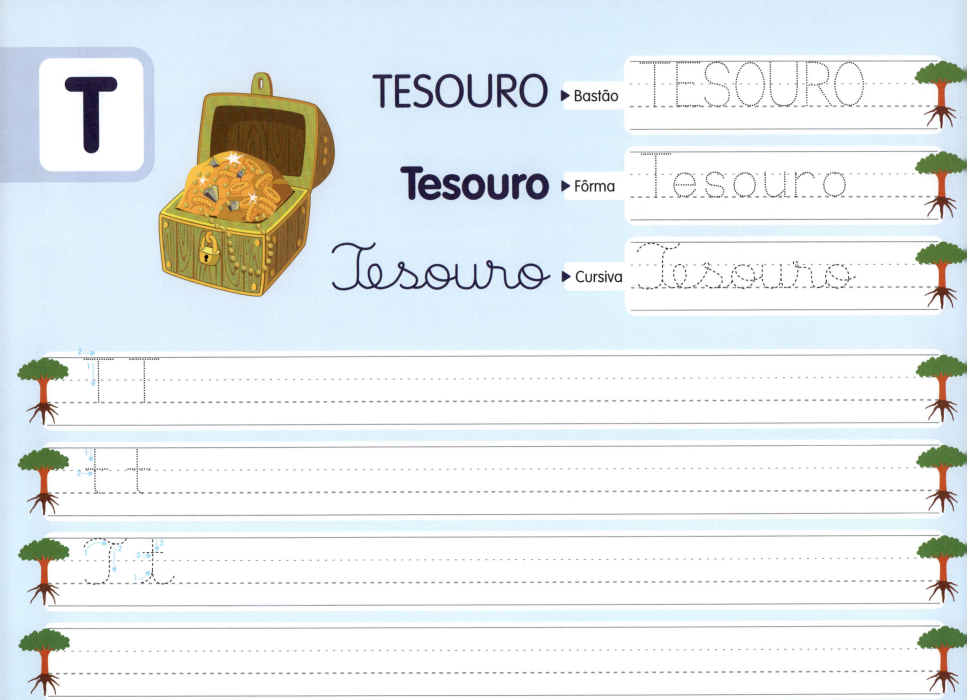

URSO ▶ Bastão

Urso ▶ Fôrma

Urso ▶ Cursiva

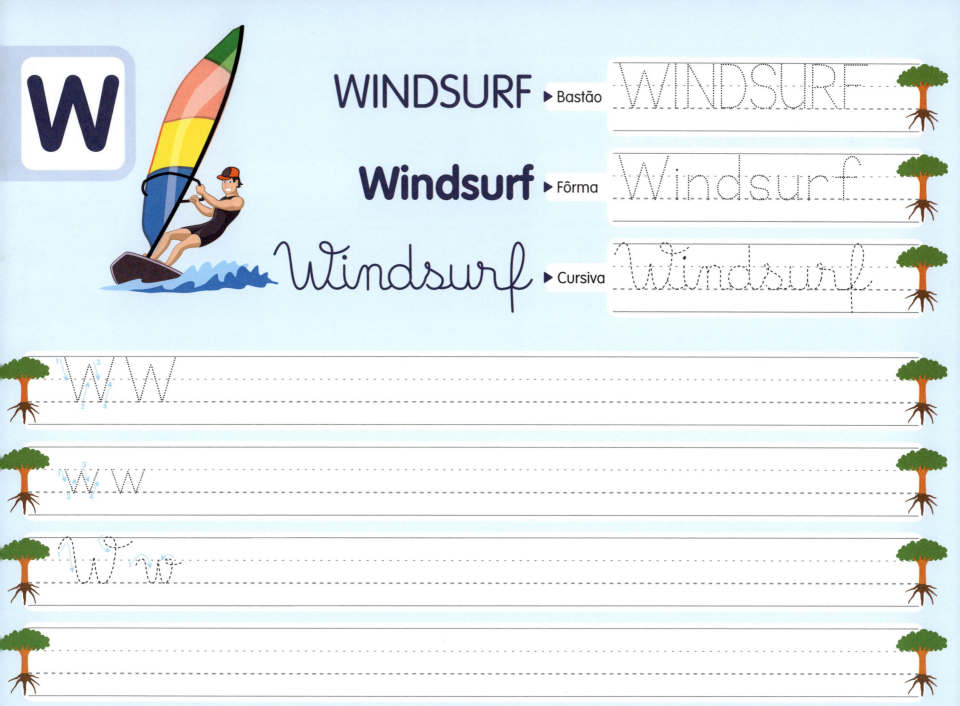

YAKISOBA ▶ Bastão

Yakisoba ▶ Fôrma

Yakisoba ▶ Cursiva

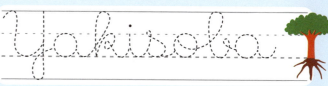

25

Z

ZEBRA ▶ Bastão ZEBRA

Zebra ▶ Fôrma Zebra

Zebra ▶ Cursiva *Zebra*

26

Alfabeto de Sinais (LIBRAS)

▶ Veja só quantas mãozinhas! Cada uma corresponde a uma letra do Alfabeto.
Elas são sinais com os quais podemos nos comunicar com os deficientes auditivos.
Para ficar bem bacana, escreva sobre as letras pontilhadas, pinte as mãozinhas e pratique os sinais.

COORDENAÇÃO MOTORA ▶

Pratique a coordenação motora com estes desenhos. Trace sobre os contornos pontilhados e, em seguida, pinte-os e escreva os nomes das figuras na base da página.

28

CRUZADINHA ▶

Escreva os nomes das figuras na cruzadinha e, depois, pratique escrevendo cada qual em cada uma das pautas de caligrafia abaixo, em letra **Cursiva**.
Feito isso, escreva a frase abaixo, em letra de **Fôrma**.

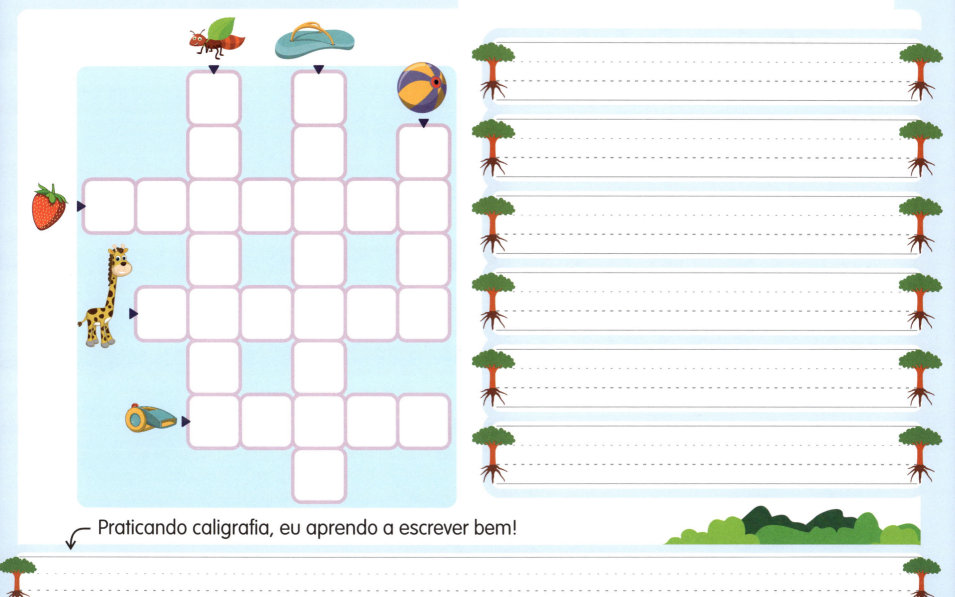

Praticando caligrafia, eu aprendo a escrever bem!

29

CAÇA-PALAVRAS ▶

Procure os nomes das figuras no caça-palavras e, em seguida, escreva-os nas pautas de caligrafia, primeiro em letra **BASTÃO** e, na sequência, em letra de **Fôrma**. Assim é muito divertido escrever!

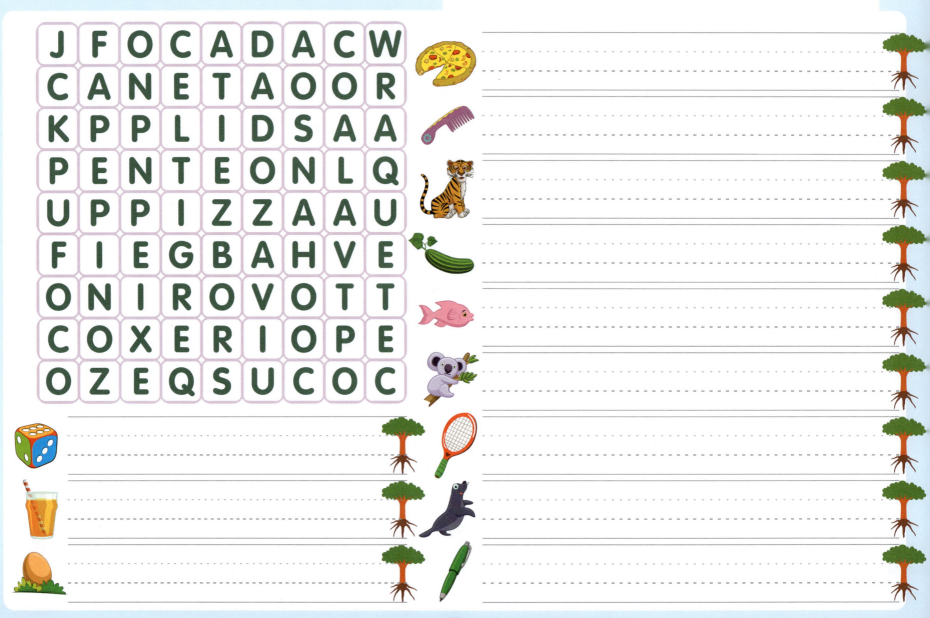

PINTE E ESCREVA ▶

Pinte bem bacana este quarto de menino!
Antes de pintar, escreva os nomes dos objetos que estão nesta cena, de acordo com os seus respectivos números. Mostre o quanto você já aprendeu de caligrafia e o quanto você sabe pintar bem!

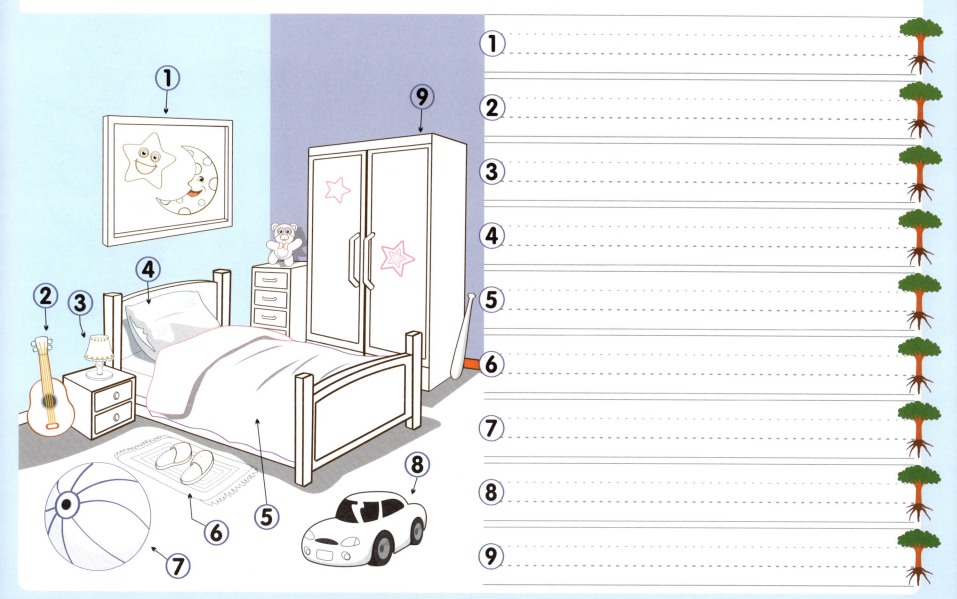

LABIRINTO ▶

O simpático esquilo quer visitar os seus amigos que moram em uma árvore muito legal! No entanto, no caminho, ele terá que evitar os perigos. Você pode ajudá-lo a percorrer o caminho certo? Nas linhas abaixo, escreva os nomes, em letra **BASTÃO**, dos perigos que o esquilo terá que evitar. Capriche!

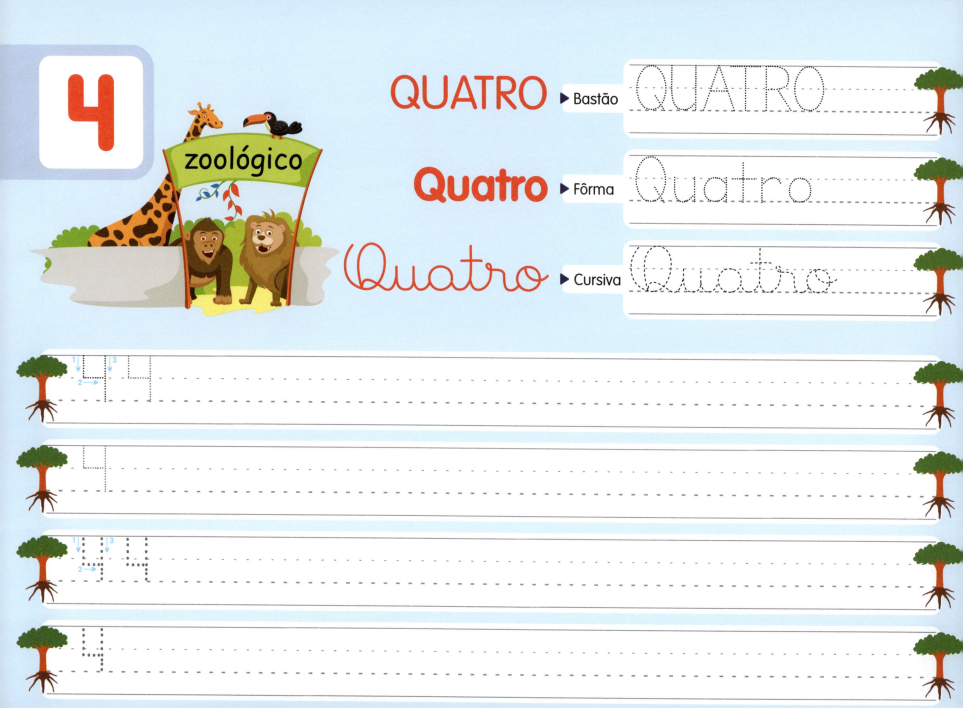

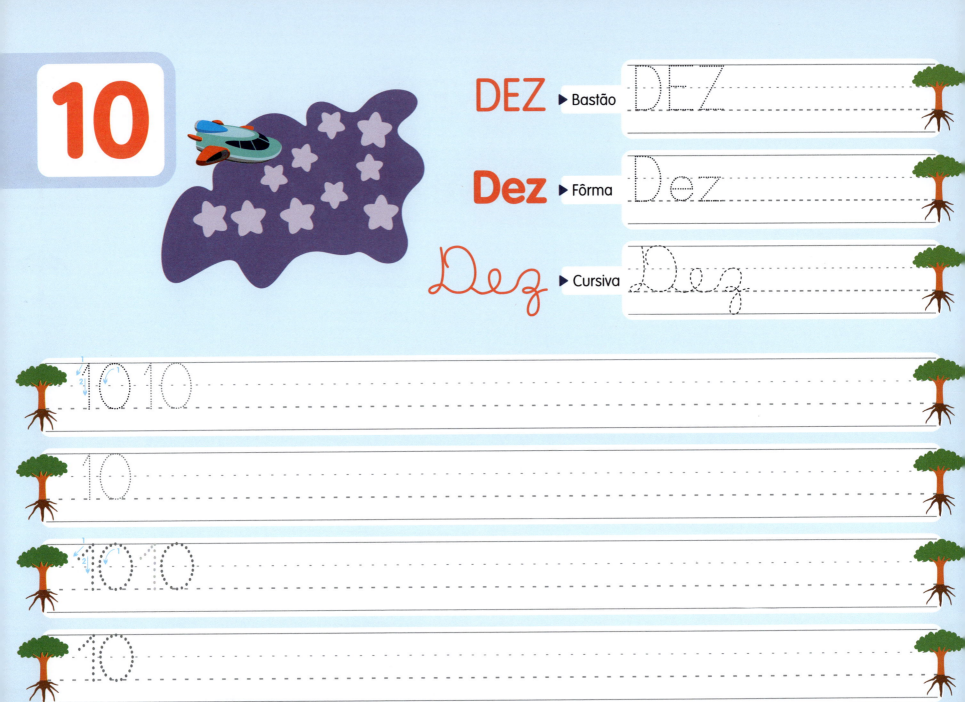

TEMPO LIVRE

Agora que você acabou de conhecer os números de **0** a **10**, que tal praticar de um modo um pouco diferente? Conte cada número nos seus dedos e, usando canetas ou lápis de cores diferentes, trace sobre o pontilhado, para ficar bem bacana!

CONTINHAS de +

Parabéns! Você aprendeu os números até dez e também já sabe contar.
Que tal aprender um pouquinho mais, fazendo estas continhas de somar? Você é capaz?
Trace sobre os números pontilhados e escreva os resultados nas linhas.

0 + 1 = _____

4 + 1 = _____

1 + 2 = _____

3 + 7 = _____

2 + 2 = _____

6 + 3 = _____

3 + 4 = _____

5 + 4 = _____

CONTINHAS de —

Estas são contas de subtração, ou de menos, superlegais de fazer!
Primeiro, escreva sobre os números pontilhados de cada continha,
faça a subtração e escreva o resultado na linha.

2 − 1 = ____   6 − 3 = ____

5 − 2 = ____   4 − 4 = ____

7 − 4 = ____   9 − 7 = ____

8 − 5 = ____   10 − 5 = ____

PINTE e ESCREVA

Pinte cada número igual à cor do seu contorno e, em seguida, escreva-o dentro do quadradinho ao lado. Observe as figuras na base da página e escreva nas pautas o nome dos números com os quais elas se parecem.